Baskin

Nací en Cuba, en Camagüey,
en una casona vieja
en la que había nacido mi madre.
Allí vivía también mi abuela
que era estupenda.
¡Contaba unos cuentos! Y, además,
¡Le encantaba hacer travesuras…!
Nunca más he conocido abuela igual.
A mí siempre me ha fascinado leer
y me mortificaba que en la escuela
no leyéramos libros tan bonitos
como los que tenía en casa.
Creo que desde entonces he querido
escribir libros divertidos,
sólo que, entre tanto, he tenido
que hacer muchas otras cosas:
criar cuatro hijos, enseñar en escuelas
y en la Universidad y dar conferencias.
Me encanta contar cuentos
y que Suni Paz le ponga música
a mis poemas,
para que se puedan cantar.

ALMA FLOR ADA.

Nací en Valencia en 1939.
Mis padres eran pintores, unas personas
maravillosas que me enseñaron a mirar
imaginar y amar todo lo que me rodea.
Los lápices y los pinceles,
los papeles y los libros fueron
mis primeros y casi únicos juguetes.
Estudié Bellas Artes y he hecho
muchas exposiciones de pintura.
Mis marionetas han actuado
también en teatros.
Uno de mis últimos trabajos son
las de *El retablo de Maese Pedro*
del compositor Manuel de Falla.
Me casé también con un pintor
y tuve dos hijas.
Seguí haciendo cuentos
y marionetas que ellas eran
las primeras en disfrutar.
Me gusta mi trabajo de ilustradora
porque me permite comunicar
a los niños mi pasión por el arte.

VIVI ESCRIVÁ.

álbum espasa

colección dirigida por felicidad orquín

Para Emilio, Monil y Patatín

Depósito legal: M. 1.370—1992
ISBN 84—239—2583—8

Impreso en España
Printed in Spain
Talleres gráficos de la Editorial Espasa-Calpe, S. A.
Carretera de Irún, km. 12,200. 28049 Madrid

Alma Flor Ada

ABECEDARIO
DE
LOS ANIMALES

ilustraciones de Vivi Escrivá

Tercera edición

ESPASA CALPE

La A

La **A** es la letra primera.
Dice **abeja**, **avispa**,
ardilla,
también **abuela** y **avión**.
Dice **azúcar**,
agua y **aire**
y también nos dice **adiós**.

La **A** es la primera letra.
¡Así empieza la lección!

Abejita laboriosa

—Abejita laboriosa
¿qué tienes en tu panal?

—Rica miel
y blanca cera,
mil hermanitas obreras
y una reina: mi mamá.

La B

La **B** es la segunda letra.
Con ella dices **botón**,
bata, **bate**, **bota**, **bote**
y **burrito barrigón**.

La **B** es la segunda letra.
¡Así sigue la lección!

Burrito lanudo

Burrito tranquilo,
plateado, lanudo.
¿Tus orejas tan grandes
son para oír
batir las alas a las mariposas?

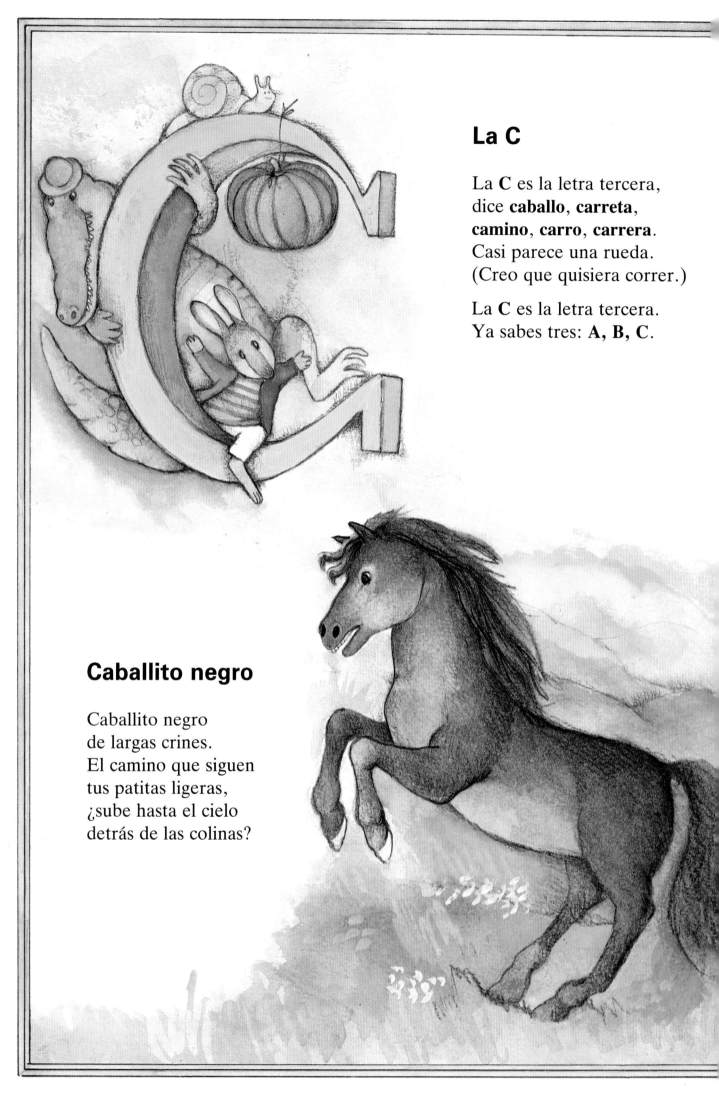

La C

La **C** es la letra tercera,
dice **caballo**, **carreta**,
camino, **carro**, **carrera**.
Casi parece una rueda.
(Creo que quisiera correr.)

La **C** es la letra tercera.
Ya sabes tres: **A, B, C**.

Caballito negro

Caballito negro
de largas crines.
El camino que siguen
tus patitas ligeras,
¿sube hasta el cielo
detrás de las colinas?

La CH

La **Ch** es una letra doble.
Te dice cosas sabrosas:
chocolate, **chirimoya**.
También dice **chimenea**,
chuchú del tren
y **chivito** saltarín.

La **Ch** es una letra doble
que dice cosas sabrosas.

Chivito

Chiágil
chialegre
chitravieso
chicomelón
chiquirriquitico
chiquirritico
chiquitico
chiquito
chivito.

La D

La **D** es letra de **delfín**,
de **dulzura** y **delicado**,
de **dado** y **damas**.
La **D** es la letra de **dedos**
y de **dame** y ya te **doy**.

Y si no te has enterado
la **D** es letra de **dragón**.

Delfín

Delfín
que asomas
entre la espuma.
¿Me llevas a dar un paseo
sobre las olas?

La E

Con **E** empiezan las **estrellas**,
espejo, **espuela**, **elefante**,
escalera, **escoba**, **estante**
y empiezan **él**, **ella** y **ellas**.

Y yo ya sé que tú sabes
que con **E** empieza… ¡la **escuela**!

Elefantito

Elefantito
gordo
de suave trompa.
¿Se le perdió
a tu madre
la plancha
y por eso andas
con el traje arrugado?

La F

La **F** parece una **E** coja.
A esta letra le gusta alumbrar.
Por eso dice **farola** y **foco**,
fuego y **fogata**,
faro y **farol**.
Quizá parezca una **E** coja
pero tiene su propio calor.

Foca

Perro en el agua,
pececito en la roca.
¿Cuál de tus dos mundos
prefieres, foca?

La G

La **G** es letra muy golosa
siempre con la boca abierta.
Dice **golosina**, **gusto**
y también **glotón**, **glotona.**

Por eso, no te sorprenda
que la **G** sea barrigona.

Girasoles

Giran al aire
los girasoles,
sueltan semillas
a los gorriones.
Vuelan gaviotas,
blancos aviones.
Grillean los grillos
raras canciones.
Ronronea el gato
callados sones;
giran al aire
los girasoles.

La H

La **H** es letra muy callada.
La escribimos en **hamaca**,
en **humo**, **hueco** y en **hada**,
en **hola** y en **huracán**.
La escribimos sin oírla
y la vemos sin decirla.

La **H** es letra muy callada.
Ya lo ves, ¡no dice nada!

Hipopotamito

Hipopoquito
hipopoqueño
hipopocuelo
hipopotico
hipopoquillo
hipopomito.

Mamá hipopótama,
¿qué nombres cariñosos
vas a darle a tu hijo
el hipopotamito?

La I

La **i** pequeña lleva sombrero
por si la agarra un aguacero.

La **I** mayúscula tan estirada
ya de sombreros no quiere nada.

Iguana

Iguana,
¿no te da calor
venir a la playa
en traje de gladiador?
¿Se te ha pasado la hora del torneo
por haberte acostado a descansar?
¿No quisieras quitarte la armadura
y conmigo chapalear en el mar?

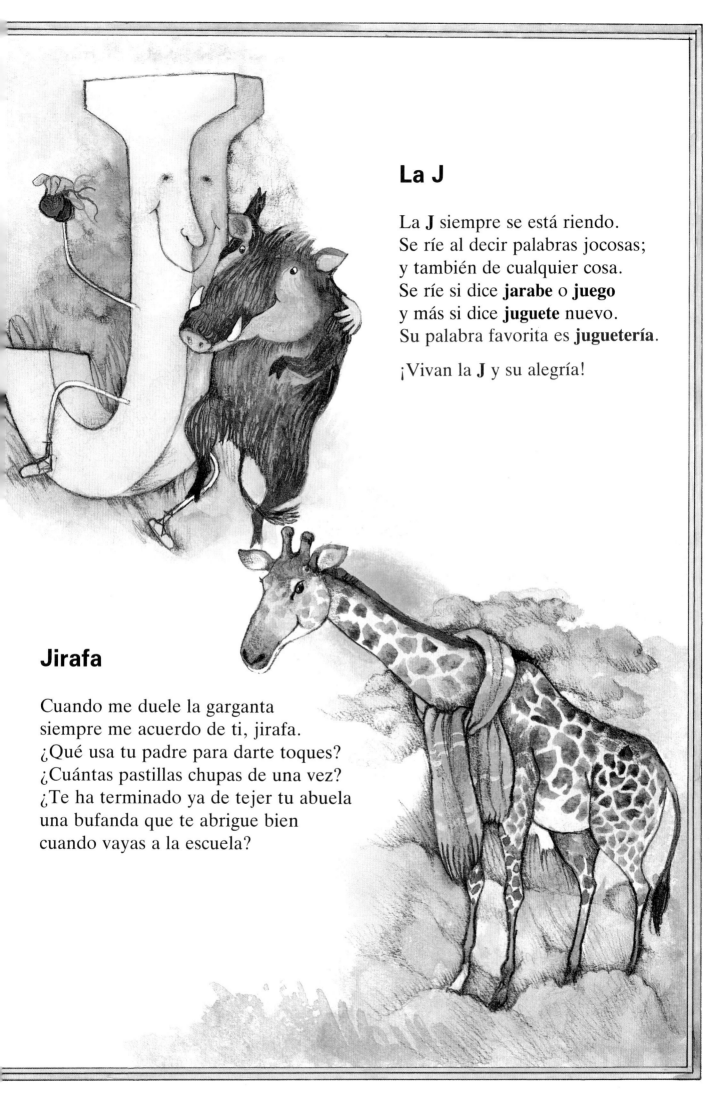

La J

La **J** siempre se está riendo.
Se ríe al decir palabras jocosas;
y también de cualquier cosa.
Se ríe si dice **jarabe** o **juego**
y más si dice **juguete** nuevo.
Su palabra favorita es **juguetería**.

¡Vivan la **J** y su alegría!

Jirafa

Cuando me duele la garganta
siempre me acuerdo de ti, jirafa.
¿Qué usa tu padre para darte toques?
¿Cuántas pastillas chupas de una vez?
¿Te ha terminado ya de tejer tu abuela
una bufanda que te abrigue bien
cuando vayas a la escuela?

La K

La **K** es letra invitada
que viene de otras regiones.
En español no hace realmente falta
que con **ca**, **que**, **qui**, **co**, **cu** basta.
Pero la usamos en palabras con **kilo**,
(**kilogramo** y **kilómetro**)
y en **kimono** y **kárate**.

La **K** es letra convidada
que viene de otras regiones.

Koala

Osito koala,
¿quién crees tú que va más cómodo:
el cangurito en su bolsa
o tú en la espalda de tu mamá?

La L

Con **L** empieza la luna
y termina el **toronjil**.
Con **L** empiezan los **lunes**
y termina el mes de **abril**.
L con **L**, lunera,
voy a hacer una escalera,
y así a la luna lunita
voy a hacerle una visita.

Con **L** empieza la **luna**
y termina el **toronjil**.

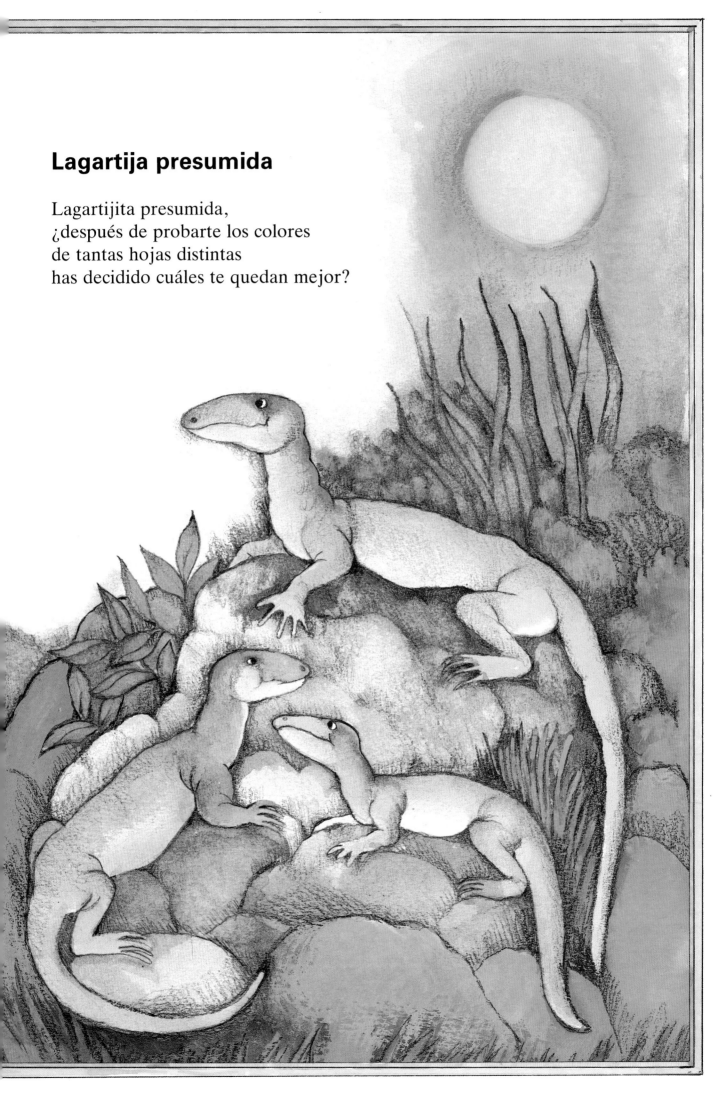

Lagartija presumida

Lagartijita presumida,
¿después de probarte los colores
de tantas hojas distintas
has decidido cuáles te quedan mejor?

La LL

La **LL** es una letra doble
que sirve para **llamar**.
Ve ya que te están llamando,
¿me llamas tú o llama él?
Pero **llama** son tres cosas:
palabra, fuego y cuadrúpedo.

Vaya que esto está enredado,
más vale que ya me vaya.
Me llamaban. Ya me voy.

Llama de los Andes

Llama de los altos Andes.
Elegante,
cariñosa,
resistente,
silenciosa,
trabajadora,
graciosa,
esforzada,
generosa,
llamita de la alta puna,
grácil llamita puneña.

La M

Con la letra **M** se dice **mamá**.
Letra cariñosa,
sabrosa, amorosa,
que dice mi **mamá** me **ama**.
Esta letra está en **amigo** y **amor**.

La **M** es la letra que dice **mamá**.

Mariposa

Mariposa,
¿eres la rosa
que se echó a volar?
¿O es que la rosa
es una mariposa
que se quedó a soñar?

La N

La **N** parece una letra contraria
porque dice **no**, **ni** y **nada**.
Pero también dice
nene, **nena**, **niños**,
nadar y **nadamos**.
Y, ¿qué si decimos
nado, **nadas**, **nadan**?

¿Te gusta la **N**?
¿Poco, mucho…, o nada?

Nutria

Nutria,
ágil, lustrosa,
¿qué tal está la pesca
en tu orilla del río?

La Ñ

La Ñ es una letra nuestra:
sólo existe en español.
Se usa en palabras alegres
como **niños** y **piñata**.
La encuentras en **año** y **uña**
y si te **araña** la gata.

La Ñ es una letra nuestra:
sin ella no hay **español**.

Ñandú

Ñandú,
¿vas a invitar
a tu prima, el avestruz,
a visitar la pampa,
conocer los gauchos
y dormir la siesta
debajo de un ombú?

La O

La **O** es redonda como un globo,
una pelota o un cero.
Dice nombres de animales: **oso** y **oveja**;
de partes de la cara: **ojo** y **oreja**
y un montón de otras cosas:
ola, **olla**, **océano**.

La **O** es redonda como un globo,
una pelota o un cero.

Osos

De todos los osos del mundo,
osos blancos de los polos,
osos pardos de los bosques,
oso negro entrenado en el circo,
oso panda que sonríe desde el libro,
tengo un oso favorito,
es un oso de peluche
y se llama Patatín.

La P

Con **P** decimos palabras valoradas:
palacios, **prendas** y **piedras preciosas**.
Pero más importante todavía
son **papá**, **padre** y **poesía**.

Con **P** decimos algunas
de las palabras más preciadas.

Pajarito que cantas

Pajarito que cantas
bajo las hojas,
toma las flores blancas
dame las rojas.

Pajarito que cantas
entre las flores,
¿te has encontrado alguna
de mil colores?

Pajarito que cantas
en la laguna,
¿ves como su carita
lava la luna?

Pajarito que cantas
allá en la roca,
ya se acabó mi canto
y a ti te toca.

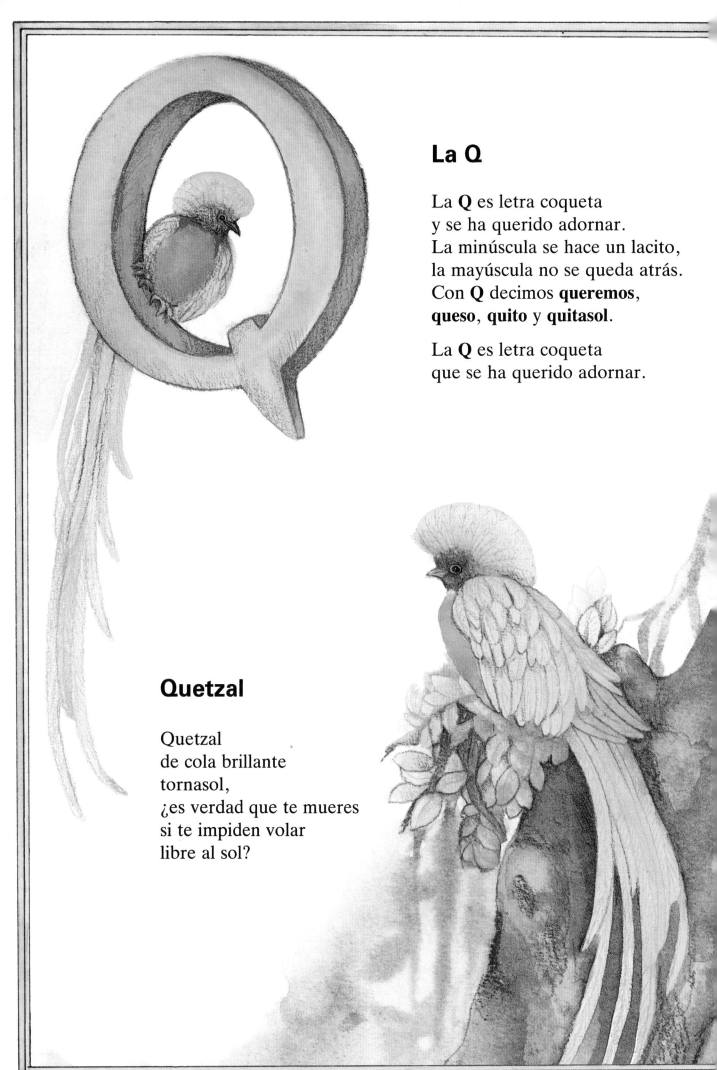

La Q

La **Q** es letra coqueta
y se ha querido adornar.
La minúscula se hace un lacito,
la mayúscula no se queda atrás.
Con **Q** decimos **queremos**,
queso, **quito** y **quitasol**.

La **Q** es letra coqueta
que se ha querido adornar.

Quetzal

Quetzal
de cola brillante
tornasol,
¿es verdad que te mueres
si te impiden volar
libre al sol?

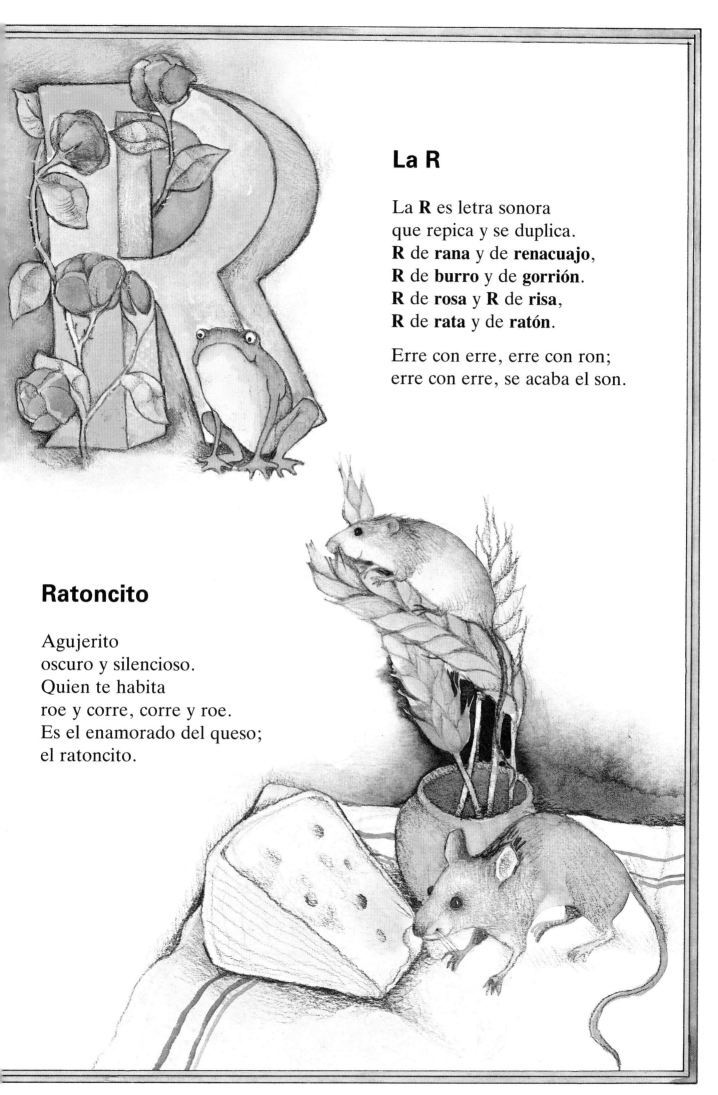

La R

La **R** es letra sonora
que repica y se duplica.
R de **rana** y de **renacuajo**,
R de **burro** y de **gorrión**.
R de **rosa** y **R** de **risa**,
R de **rata** y de **ratón**.

Erre con erre, erre con ron;
erre con erre, se acaba el son.

Ratoncito

Agujerito
oscuro y silencioso.
Quien te habita
roe y corre, corre y roe.
Es el enamorado del queso;
el ratoncito.

La S

Silba el viento entre las olas,
silba el aire entre las cañas,
silba el viento entre las hojas,
silba el aire en la maraña.
Silba la brisa y no la sientes,
silba la **S** entre los dientes.

Sapito

Sapito que cantas
entusiasmado,
¿es que de la rana
te has enamorado?

La T

¿Es la **T** una **H** acostada
que ha perdido un brazo al tumbarse?
¿Es una **I** con sombrero de vaquero?
¿O es una letra nueva y distinguida?
La **T** dice **toro** y **topo**,
dice **té** y dice **tetera**,
dice **Tomás** y **Tomasa**,
y **tomate** y **tomatera**.

Torito

Torito que decidiste
escaparte del corral,
¿verdad que sólo lo hiciste
para llevarme a pasear?

La U

La **U** es **curva**
como una **cuerda**
por si la quieres saltar.

—Ven que vamos a jugar.
—Salta la cuerda.
—Sáltala tú.
—¿Saltas la cuerda?
—Salto la **U**.

Unicornio

Unicornio de blancas crines,
¿me llevas al final del arco iris?
Unicornio de cuerno dorado,
¿me llevas por detrás de la cascada?
Unicornio de patas ligeras,
¿me llevas por senderos de nubes?
Unicornio de cola encantada,
¿me llevas a arrancar el lucero del alba?

La V

La **V** aparece
si **voy** o **vienes**,
si **vengo** o **vas**.
Y la encuentras en **ver**,
viajar, **visitar** y **servir**.

La **V** te invita a vivir.

La vaca en la hamaca

Una vaca se subió a una hamaca,
la foca que la vio la creyó loca,
la hormiga llamó a gritos a su amiga,
la rosa lo narró a la mariposa,
el girasol lo dijo al caracol,
el gato fue a contárselo al pato,
el ratón se lo enseñó al lechón
y después de toda esta conmoción
la vaca… se bajó de la hamaca.

La W

La **W** es una letra prestada
no es una letra castellana.
Por eso no se usa casi nada
esta letra inglesa y alemana.

La llamamos **v doble**,
doble v y **doble u**.
¿Cuál entre tantos nombres
prefieres tú?

La **W** es una letra prestada
por eso no se usa casi nada.

Cuando algo no existe...

Como no hay animales
que empiecen con **v doble**
inventaremos uno.
No sé si horrible o noble.

Lo llamaremos Waldorf.

Lo cubrimos de escamas,
con dos pequeñas alas
y una bocaza inmensa
de la que salen llamas.

Y así habrás descubierto
gracias a la **doble u**
que cuando algo no existe
puedes crearlo tú.

La X

Forman la **X**
dos rayas cruzadas
dos rayas iguales
bien abrazadas.

Esta letra ha cambiado
al pasar de los años.
Xavier o Ximena
no nos son extraños.

Méjico o México,
el mismo sonido.
Con **j** o con **x**
siempre muy querido.

Un ave curiosa

Ahora que ya sabes
inventar animales
crearemos para ti
a Xicaxamales.

Es un ave curiosa
de dos cabezas.
Una mira hacia el este
la otra al oeste.

Cada pata camina
en dirección opuesta.
Así, verla moverse,
¡es una fiesta!

Una cabeza es roja
la otra celeste
vete a ver si la encuentras
¡aunque te cueste!

La Y

La **Y** es letra amistosa
y ayuda a unir las cosas.
Libros **y** niños,
arena **y** sol,
aire **y** cometa,
tú **y** yo.

Una letra amistosa
siempre ayuda a unir las cosas.

Yegüita alazana

Yegüita alazana
trotitrotona,
¿ya sabe tu potrillo
lo que es la hierba
o se cree todavía
pajarito perdido
en un cielo verde?

La Z

La **Z** es la última letra
del alegre abecedario.
Dice **zumo** de frutas,
zarzamoras, **zafarrancho**,
zambullidas en el río
y **zapatillas** de baile.

La **Z** es la última letra.
¡Ya sabes el alfabeto!

La zorra

No quiere camorra
ni bronca la zorra.
De tanto vivir a la huida
anda toda raída.
Ha perdido el lustre
de su cola roja
y hasta está algo coja.
Y así ha decidido
imitar a su nuevo vecino,
el zorrino.
Desde esta mañana
es vegetariana.